배 한 척 달빛 한 섬

배 한 척 달빛 한 섬

장식환 유고시집

學而思 | 학이사

발간사

장식환 시인을 기리며

장식환 시인이 갑자기 우리 곁을 떠나셨습니다. 언제나 겸양의 태도로 일관하여 외경심畏敬心을 갖게 하던 시인이셨습니다. 두보의 '죽어 이별은 소리조차 나오지 않고/ 살아 이별은 슬프기 그지없더라(死別已呑聲 生別常惻惻)' 는 시가 참으로 절실하게 느껴집니다. 참으로 너무나 갑작스러운 이별이 되어서 정말 무슨 말을 할 수가 없고, 그래서 남은 사람의 슬픔은 더욱 깊어집니다.

시조를 창작하는 동도의 길을 걷던 사람들의 슬픔이 이러할진대, 가족들의 슬픔이야 어이 말로 다 이를 수 있겠습니까. 가족들에 대한 사랑을 읊은 시들은 가족들을 더욱 상심에 빠지게 하기도 하겠지만 절통한 상심을 추슬러 시인이 컴퓨터에 심어놓고 떠나신 작품 134편 중 95편을 모아 참으로 쓸쓸한 심정으로 유고집을 묶습니다. 여기 싣는 작품 편 편은 시인이 남은 우리에게 전하는 진한 사랑의 마음일 것입니다.

시인은 생전 두 권의 시집을 상재하고 세 번째 시집 상재를 꿈꾸시다 황망히 떠나버리셨습니다. 생전 문우들에게 베푸신 뜨거운 정을 차마 잊기 어려워 가족들과 함께 마음 모아 이 유고집을 꾸밉니다. 시인은 1979년 〈매일신문〉, 1980년 〈중앙일보〉에 시조가 당선되어 문단에 나와 작품 활동을 펼쳤습니다. 작품 활동은 대구사범학교 동창생들의 문학 모임 '문학경부선'과 영남시조문학 회원으로 활동하시며, 대구시조문학상을 수상하기도 하셨습니다.

문단 활동에서는 잊을 수 없는 업적을 남기기도 하셨습니다. 특히 1997년 대구시조시인협회 창립 준비위원장을 맡아 대구시조시인협회의 산파 역할을 하신 것입니다. 그 뿐만 아니라 대구시조시인협회장을 맡아 대구시조의 발전에 큰 힘을 기울이셨습니다. 회장을 역임한 이후도 대구광역시 의회 교육상임위원장을 맡아 대구시조 발전에 물심양면의 도움을 주셨습니다. 또한 대구문인협회 부회장을 맡기도 하셨고, 한국시조시인협회 회원으로서 언제나 진심으로 회원을 대하여 문학하는 사람들의 모임을 훈훈하게 하셨습니다.

작품 활동과 문단 활동에 대한 시인의 업적을 우리는 오래 기억하게 될 것입니다. 잔잔한 미소와 겸양지덕의 미를 발휘하여 언제나 이끌어주신 사랑을 어찌 쉬 잊을 수 있겠습니까. 이 유고집이 시조시인들께는 장식환 시인의 시 세계를 더욱 깊이 이해하는 계기가 되고, 가족들에게는 작은 위로가 될 수 있기를 간절히 바랍니다. 그리고 그리운 이름 장식환 시인 남은 우리 마음 모아 명복을 빕니다. 부디, 명복을 누리십시오.

2024년 2월 20일

장식환 시인 유고집 발간 위원회

한국시조시인협회 이사장 이정환
대구시조시인협회 회장 이숙경
김세환 송진환 김석근 김봉근 조명선 문무학

차례

2부 단풍으로 풀어놓고

3부 잿빛 같은 이념의 땅에

4부 무지개 피는 꿈

5부 봄빛 한 덤불

품어도 못다 한 정을

형산강

나룻배 한가롭게
달빛 가득 채워 놓고

물새 떼 날개 품에
고즈넉한 강가에는

피라미
뜀박질하던
전설 같은 강 흐르고

조약돌 곱게 포갠
개울물 금빛 노을

가난 밖 찌든 들판
털어내는 물풀들

낭만의
형산강 줄기
황금빛 물들인다

부귀의 탯줄인가
풍성한 동해바다

형산강 흘러내려
쇳물을 달구고는

돛단배
수평선 넘어
망망대해 달려간다

무장산

근근이 매달린 목숨 하나
버티다 손 놓고

천 길 절벽 뒹굴다가
멍들어 가는 세월들을

무장산
억새밭 숨결
동해바다 억새꽃

무장산 허문 절터
쓸쓸한 세월들도

억새로 자리 잡은
나그네 허전한 마음

폐허 된
천년 고찰이
낮달처럼 서럽다

나그네 길섶에 서서
하염없이 억새잎 되어

하늘길 은빛 물결
찬바람처럼 날고 있다

무장산
억새풀 편지
온 세상 빛을 풀고 있다

* 무장산: 경주에 있는 억새밭으로 이름난 산

석병항

흰 구름 수평선 너머
노을로 뜨는 아침

고적한 시골 어항
비상하는 물새 떼

석병항
뱃고동 소리
침묵 깨는 동해 바다

헝클어진 그물망에
불가사리 걸린 세상

잠겼던 닻 올리고
빗장 풀듯 가는 목선

등대는
석병항 어둠
안개 걷듯 걷어낸다

삼릉에서

마애불 지긋이 웃고
멧새들도 지저귄다

한 생애 부귀영화
그것도 허무인데

또 누가
전철 밟을까?
생각 잠긴 노송들

금관도 과분한 것
허풍 떨던 군주에겐

천 년도 허망하게 보낸
천년 사직 고운 뜰에

삼릉의
나직한 봉분
속죄하듯 누워있다

소실된 분황사

꽃가마 줄을 이어
넘쳐났던 분황사

비감조차 쌓여가는
한 줌 재로 남은 절터

철없는
뭇 새 떼들만
지저귀고 있구나!

천오백 년 넘긴 지금
솔거는 살아있고

찌부러진 두 인왕
수절하던 긴긴 세월

휘우뚱
쓸쓸한 달빛
분황사를 슬퍼한다

화려했던 옛 승가람
새봄 다시 찾아올까?

소실된 그날의 아픔
기억이나 할 것인가?

고뇌 찬
모전석탑이
깨날 날만 기다린다

양남 주상절리

무슨 사연 저리 깊어
불기둥으로 뿜어댔나?
몇 겁의 세월 저편
달궈 온 오색빛을
닫혔던
돌빗장 깨고
불기둥으로 솟아났다

천지를 뒤흔들고는
동해를 품어 안고
언제나 고향 같은
그리움만 삼삼한데
수평선
낙낙한 끝에
몰려드는 이 환희

잉태하는 그날 아픔
파도로도 씻어내고

천만 번 깎아 봐도
이보다 곱겠는가?
양남의
주상절리가
뭇생각 품어낸다

가을 고향에서

고향은 잿빛 하늘
까치 소리도 뜨고 있다

파아란 느티나무
뒤틀리는 삶의 아픔

문명은 헌 둥지 속을
갈기갈기 뜯고 있다

추녀 끝 보름달도
색 잃은 연꽃 꽃잎

텅 비인 공간에는
새 떼들도 떠난 자리

채송화 여린 눈망울
고향 하늘을 그린다

눈 오는 풍경들이
나목 속에 삼삼하고

가난한 이 가슴에
채워지는 나의 향수

고향은 한 폭 수묵화
저녁 노을이 타고 있다

단상의 추억

아직도 따뜻한 피
옷깃에 머무는가

소쩍새 울던 밤이
꿈결에도 삼삼하다

보름달
속살을 벗겨
삽짝에도 걸었었다

작은 손바닥 닳도록
그렇게도 빌던 축원

꿈같은 그날들이
허무로 남는 건가!

빛바랜
고향 하늘에
낮달만 들락거린다

타는 듯 붉은 노을
까마득한 고향 마실

세속에 밀린 풍경
쓰러지는 얽은 토담

갈가리
세속에 찢겨
빛 잃은 달이 보챈다

기림사

함월산 품에 안긴
천년 고찰 기림사에

쪼아대는 목탁 소리
내 가슴 찧어 내면

망각의
숱한 인연들
연꽃처럼 피고 진다

욕심도 없는 기림사에
묵연默然한 아미타불

꾀죄죄한 내 마음
삼천불 전 풀어내면

기림사
눈짓을 하며
훌훌 털고 가라 한다

한가위 달을 보며

한가위 밤 고속도로
사루비아꽃 행렬도

내 유년 소박한 소망
기억조차 희미한데

동산에
동그란 달이
세월들을 품고 있다

죽어가는 생명의 늪에
절규하는 풀벌레는

문명의 독버섯들을
꼭꼭 채우는 이 공간

헐벗은 옛날의 추석
그런 때가 그립단다

옛날 장터

배고픈 장날 달빛 밟으며
푸것들을 뜯어 담고

한 십 리 길도 팔러 간다
허기진 다리 질질 끌며

죽도장
난전 바닥에
아귀다툼 해가 열린다

재래시장이 현대시장에
밀려나는 문명의 시대

그 옛날 시장에는
새벽 깨우며 몸짓하는

한 푼도
삶의 목줄로
아옹다옹 사람 넘친다

그 옛날 달무리

달빛 지우며 갔습니다
소달구지 끄는 데로

참외 팔러 갔습니다
달빛 따라 갔습니다

주린 배 달구지만 굴렁
굴러가는 새벽 달빛

불면의 밤

배고파 못 살았지 서러운 보릿고개
어머니 물레질 곁 천장이 빙빙 돈다
그때의 어머니 말씀 눈 감고 그냥 자라

별들도 뒤척이다 뜬눈으로 맞는 아침
허기진 당신 무덤 지금도 못 주무실까
이제는 그 무덤 위로 산새만 지저귄다

아내의 생일

흔해빠진 아이 돌잔치
어른들의 생일파티

빨간 장미 한 다발
안기지도 못한 남편

몇 년을
핑계처럼 된
아내 생일 또 한 해 진다

올해는 꼭 해야지
근사한 생일 파티

중요한 약속에
미안한 생각 든다

내년에
내년에 하다
또 한 해가 달 지듯 졌다

생명의 탄생

하늘과 땅 뒤엉킨 잿빛 바다는 허무뿐
어둠도 내리 퍼붓는 혼돈의 형상 속에
빈 등대 허우적거리며 상념 깊이 잠긴다

하얀 새 떼 물새 떼도 부대끼는 짐을 털고
꼬불꼬불 비탈길 돌아 나무 그늘에 짐을 털고
제비꽃 여린 눈빛이 햇살 함박 웃고 있다

손주

벨소리 울릴 적마다 하마 올까 기다린다
보고 싶다는 생각보다 삼삼히 어리는 모습
꽃이야 무에 그립달까 하얀 이 두 개 드러내고

앙증스런 초롱한 눈매 알듯 말듯 눈 맞추는
그 모습 그 눈짓은 초저녁 초승달 같다
이보다 더 고운 꽃이야 천지간에 또 있을까!

이보다 예쁠까 우리 손주 곱게 웃는
꽃이야 겉으로만 곱디고운 것뿐이지
이렇게 아리따운 눈매 앳된 모습 고 귀여운

다온이 외손녀

아는가? 모르는가?
품어도 못다 한 정을

꽃보다 더한 향기
그 고운 모습하며

꽃이야
또 곱다지만
이보다 더할까

보아도 보아도
귀여움만 묻어난다

삼삼히 마음 속속
아련히 꽃가지를

은근히 사로잡는다
초승달 상큼한 눈매

방에 가득 담아 두고
무슨 웃음이 있는가

꽃 방긋방긋 웃으며
눈웃음 치면 가슴 메인다

그리움 그저 좋아서
봄비처럼 포근하다

사랑의 노래

살구꽃 사랑 여는
봄바람 같은 젊은 눈매

접은 마음 올올이 풀듯
끝없는 사랑 이야기

온 세상
꽃물 퍼붓고
그리움만 타고 있다

자유의 깃발처럼
거침없는 언약들이

묶여진 관념 벗고
새 떼처럼 날고 나면

분홍꽃
타는 가슴에
출렁거리는 사랑이여!

단풍으로 풀어놓고

봄비

반가운 봄비 소식 고사목도 눈 뜨고
땅속의 흐르는 지맥 뜨겁게 일깨우면
빗장 친 사립문 열고 몰려드는 햇볕들

까치집 둥지 위에 파닥이는 새 생명
암흑의 시공간을 연초록으로 물들이고
봄비는 천지공간의 새 생명을 흩뿌린다

봄의 정서

봄바람 추절추절
꽃들을 피워 낸다

올올이 엮는 사연
햇볕처럼 곱게 핀다

사랑은
온 세상 꽃길
가슴마다 그리움 핀다

곡우穀雨

봄비 톡톡 잠 깨워
연분홍 피워낸다

속속들이 그려 놓은
봄바람 풀어내는

곡우穀雨 날
꽃물 퍼붓는
햇살 차마 곱구려

복사꽃 앙가슴 새
타다 남은 저녁놀

사무치게 설렌 하늘
그리움도 포개 놓고

사랑은
연둣빛 눈매
불끈 솟은 화예花蕊여!

오월의 산정

살을 에는 모진 북풍
여윈 몸도 못 가누더니

봄바람 때를 얻어
바다보다 큰 집 짓고

햇볕을
깃대에 꽂고
잡초들을 밟고 간다

몇 그루 늙은 고목
목청 돋워 외쳐봐도

봄볕도 비껴 서고
바람도 역류한다

어느 때
오월 같은 산정
돌려놓고 떠날까?

여름 중문 바닷가

서귀포 중문 바닷가
낭만의 광장이다

뗏목 띄워 수영하던
까마득한 옛이야기

오색 빛
화려한 축제
중문 바다 뜨고 있다

광란의 동력선들
나는 듯 거침없고

바다 메운 잡상들도
떼거지처럼 설쳐댄다

낯선
서양 문물로
휘청거리는 서귀포

물거품 하얀 파도
날아가는 갈매기들

친근했던 자배기 배
설 곳 잃고 투덜댄다

수평선
고요한 뜰에
시글시글한 서귀포여!

여운

헹구고 헹궈 내도
때만 남은 이 세월

가는 줄도 모르고
날아가는 시공들이

철없는
낙엽이 되어
노을처럼 타고 있다

처서를 맞으며

한 풀듯 울던 매미
처서 소식 정을 끊고

귀뚜라미 통 큰 여치
치마 벌려 홍 돋우면

초가을
시린 달빛이
번뇌를 털어낸다

새잎도 묵은 꽃도
피고 지는 시공에서

황망히 선 장성처럼
갈피 못 잡는 나그네

풀벌레
연연한 사연
가슴 설레는 이 그리움

가을에

청자 하늘 외려 고와
반색 못 한 내 마음

앙칼진 선무당처럼
어설픈 가을 새 떼

갈가리
찢긴 가을 벌에
허전한 낮달 내려앉는다

기적 소리 아득한
강나루 여울목에

버려진 생각처럼
뒹구는 단풍잎들

또 한 해
사립문 닫고
그리움의 꽃 피운다

가을 나그네

가을이 타고 있다 찾아오는 단풍들
반가운 나그네 가슴을 울리는 사람
시 쓰는 귀뚜라미가 달빛처럼 한을 푼다

묵은 꽃 스산히 지는 꽃잎에 지는 이슬이
이 가을 번뇌를 안고 마음 한편 허전한 이
나그네 설레는 설움 꽃이 핀다 마음에

단풍 잔치 팔공산

상큼한 갈바람에
헛갈리는 가을 하늘

팔공산 영산 자락
꽃비 가득 내리고

그래도
모자라는가!
호들갑스레 날뛴다

동화사 불상들도
조만큼 타는 속살

파계사 능선에도
퍼붓는 단청빛하며

온 천지
풋풋한 향기
고운 꽃물 퉁긴다

단풍길 가득 채운
마음 비운 풍류객들

타는 듯 가슴 조여
신선미에 젖어 들면

이따금
분 넘친 생각
툭툭 털어내는 세상사

이 가을에

추수한 빈 들판에
마른 수수깡처럼 선

여름 내내 땀 흘리고
다 떠난 허수아비처럼

뿌듯한
가을 풍년을
단풍처럼 피어나라

태풍이 산야를 훑고
씻은 듯 떠나갔다

갈가리 흩고 있는
무정한 자연의 행태를

그래도
허수아비가
빈 가슴 달랜다

가을 색조

다홍치마 점점이
춤추는 가을 하늘

시새움하는 귀뚜라미
목 터져라 울고 있네

화사한
가을들녘에
햇살이 출렁인다

단풍이 밀려오고
바람이 불어와도

청옥으로 깔아 놓고
가을꽃도 풀어 안고

메아리
산메아리가
가을 들판으로 누빈다

가을 길목

사루비아 애틋한 마음
풍선처럼 뜨는 하늘

나는 빈 공간에 서서
발악하는 꽃들을 본다

저마다
꽃으로 피려고
방황의 늪을 떠난다

층층이 든 꽃물들은
가을 불태우고도

끝내 못다 한 연민의 정만
단풍으로 풀어 놓고

방황의
가을 늪에서
돌아서는 생의 외욕을 본다

다가선 겨울 문턱에
아직 남은 햇살이

가을 들녘에 서성이며
수숫대처럼 흔들리고 있다

옥색 빛
가을 길목에
끝없이 잇고 있는 광야를 본다

통영 가을

통영 바다 한 모퉁이
모래톱에 스미는 단풍

핏빛보다 뜨거운 영혼
봉오리마다 선경인데

점점이
충정의 핏물
가을빛으로 피고 있다

꽃보다 붉은 정을
푸른 바다 늘어놓고

유랑인 고향 같은
다도해 청빛 노을

갈매기
뱃고동 비켜
동양화를 그린다

지그시 감은 눈매
그날 그 정 젖어오고

뱃고동 상념을 묻고
여객선 떠가는데

한산섬
잔잔한 옷깃
승전고가 들린다

황망한 그리움

새잎도 낡은 잎도
서릿발에 단풍 들고

황망히 선 장승처럼
한여름 흘린 땀이

풀벌레
연연한 사연
설레는 이 그리움

비추悲秋

비췻빛 가을 한恨을
가분히 담아 두고

그래도 정을 쏟아
슬픈 꽃물 가득 붓는

가을빛
알알이 지는
한밤의 풍경 소리

풀벌레 울어대는
애절한 가을 연가

여백의 마음에다
서릿발로 흩고 나면

다 비인
황량한 공간
찬 달빛만 걸려 있다

처서 아침에

'벌써 처선가' 하는
다그치는 풀벌레들

더듬이 곤두세워
날카롭게 울어댄다

청록색
저 날의 환희
인공지진 휘젓고 간다

결결이 빌던 단풍
굿판 벌이던 아낙들도

해낙낙 가을 벌에
바동바동 허수아비

청잣빛
옛 가을 하늘
번뇌 걷는 처서 아침 기린다

망국의 가을 창녕고분

발걸음이 무겁다 허무한 탐욕 현장
침묵하는 지배자 무상의 세월 앞에
고분군 육중한 무덤 대가야는 떨어진 꽃

짓밟힌 민초들 영혼 흐느낌 들리는 소리
파아란 잔디마다 노예들 한숨인데
대가야 망국의 한을 여기에서 풀어 본다

퇴색되는 가을빛

메마른 가을 들판
공허만 멍든 하루

단풍 스프름하게
생기라고 없어지고

알알이
가을 햇볕은
검붉은 노을이다

옛날에 헐벗을 때
가을은 청명 그대로다

굶주려도 풍성했다
코스모스 억새꽃도

옥빛은
강산을 덮고
가을 풍요 꽉 채운다

울어대는 달무리도
세월에 쫓겨가듯

갈등을 빚어내어
하늘 가을 물들인다

가는 님
세세한 사연
옥색 고름 펼쳐본다

겨울 파계사

잡념도 힘에 겨워
돌아앉은 겨울 산사

세속의 고운 인연
마음 깊이 새겨 두고

파계사
고뇌 찬 해탈
삶의 길을 헤집고 간다

세월에 지친 중생
여기 산골 짐을 풀어

차라리 돌부처처럼
묵묵히 살다 보면

겨울 산 파계사 뜰에
백합 같은 눈 내린다

잿빛 같은 이념의 땅에

어찌할꼬

낯선 땅 갓 시집온
철부지를 어쩔까나?

서툰 언어 어찌할꼬?
가슴을 에는 설움

내 하늘 그대로인데
어둠은 언제쯤 걷힐까?

갈수록 조이는 아픔
이렇게 왜 눈물뿐인가?

기약도 없는 불모지에
외톨이 같은 우리 아이

생명이 뿌리 내릴까?
먼동 트는 새벽에

정치 인생

매달린 플래카드
바람결에 나부끼고

지조 높은 선비인 양
목청 돋우며 소리치고

썩어서
풍기는 꿀을
말없이 보고 있다

매력에 이끌리어
갈피를 못 잡다가

한겨울 팽이처럼
자꾸 자꾸 돌다 보면

텅 비인
가슴에 남은
더러운 죄의 울림

낸들 어찌 알겠나!

바람난 붉은 등대
뜬눈으로 지새운다

꽃댕기 풀어도 놓고
속치마마저 벗어 둔 채

비경悲境한
깊은 사연들
낸들 어찌 알겠는가!

백 년도 훌쩍 넘어
고만고만 배겨온 날

물풀에 휘감겨도
더듬더듬 풀어 가는

청춘도
심해에 묻은
그 마음 내가 어찌 알겠는가!

훌훌 벗고 생각하면
인생은 허망한 꿈

붉은 등대 고뇌의 생을
허무로 되새기며

묵은 정
산비탈 돌아
비감 젖은 나를 되돌아본다

고뇌

뒤엉킨 버들가지도
실눈 뜨는 고향 어귀

낯설은 그림자가
청청한 빛 몰아내면

생명은
죽음의 공간
고뇌 속에 떨고 있다

또 봄은 돌아서고
가는 개울 피로 지면

잿빛 같은 이념의 땅에
파닥이는 나비 떼가

숨 가쁜
꽃망울 물고
문명 속에 눕고 있다

오만했던 태양

꺼져라 해야 그만 꺼져라
먹구름도 다 떠나가고

홀몸으로 발악해도
지는 해는 지고 만다

새잎이
돋는 아침에
이슬처럼 짓밟힌다

겨울 청문

매서운 눈발에도
어릿광대는 춤을 추고

옷깃에 무거운 짐이
하얀 국화꽃으로 피는데

바람은
허우적거리다
분노만 쌓아간다

한 겹을 벗기면
또 울분은 하늘처럼

겨울 같은 들판에
살을 에는 칼날을 본다

까만 눈
그림자도 모른
어리석은 겨울나무

뒤엉키는 가시덩굴
침마다 독을 달고

진흙탕 같은 삶의 늪에
고운 눈이나 맞으면서

깜깜한
그믐밤 길에
개똥벌레나 날릴까?

모로 가는 세월

태곳적 이끼들도
느닷없이 사라지고

진주 같은 은하수도
제자리에 돌고 있다

아침 해
바다 어르고
천지를 일깨우는데

달빛도 그렇게 울고
별빛도 하나같다

앙가조촘 야금야금
뜯어가는 목숨들을

한밤중
내리는 눈처럼
천지강산이 뒤바뀐다

우리를 깎는다

하찮은 개살구꽃도
본색 곱게 깎으며 산다

비릿한 혼탁 저 너머
동그란 햇살 담금질로

나직한
공간의 영상
형체 모를 무지의 세계로

아직도

세상이 왜 이러나
시근덕거리는 미치광이들

꼴값 못 한 꼭두각시도
까드락대는 광대놀음에

겁먹은
개나리꽃들
봄이 온들 상큼 필까?

코뚜레에 끌려가는
휘청휘청 바람꽃들

얼럭광대 굿거리
피멍 들게 하는 것 아닌가!

팽개친
민생의 아픔
생각기나 하는 건가!

돌짝밭 일궈낸 산하
이제야 꽃이 피더냐?

아직도 서릿발 같은
비정한 세태에 찌든

희한한
공지에 서서
황당하게 웃을까?

뜨거운 낮

그 나물에 그 밥 그 밥에 그 나물
그 얼굴에 그 얼굴 그 말씀에 그 말
콩레이 태풍의 뉴스 천지개벽 같은 충격 없나?

맨날 보는 만화 같은 잘난 체도 한다마는
설악산 단풍빛처럼 가슴 확 풀어 줄
순수한 삶의 진실을 활짝 열 때는 없나?

무슨 사연

무슨 사연 그리 설워 무슨 인연 그리 싫어
스스로 몸을 굽혀 붉은 가슴 속으로 품는
할미꽃 타는 절개를 세상사 뭘로 보는가?

이른 봄빛 먼저 내민 서러운 순정의 꽃이여
이 가을 한 자락을 무엇으로 채울 건가
하얀 눈 뿌리는 날에 다시 붉게 피려는가?

빈부의 공간

다 모르지 다 모르지 이런 공간 있는 줄을
평등한 공간인 줄 살아가는 그림자들
천지간 풀잎을 밟고 울리는 민초들

부귀영화 누리고 더 누릴 길이 없나
허풍도 아닌 돈의 위력 방패로 삼아서
연약한 꽃잎들 밟고 군림하는 저 군상들

꽃가마 타고 가는 그때도 야비하지 않던
대명천지 밝은 날에 권력의 장대를 들고
천지간 빌어먹을 놈들 낯짝 하나 두텁다

새파란 하늘 꽃들도 어지럽게 가는 시공
찢어 내는 이 가슴 텅빈 공간에 서서
따가운 햇살 뿌리치고 가는 꽃잎이 섧다 한다

아무리 다그쳐도 입 다문 연꽃 꽃잎
따가운 햇살 핑계 벙그는 속마음 한쪽
나 혼자 쩔룩거리며 파도처럼 밀고 간다

새벽

그 독침 몇 개인들
가슴에 꽂아보라

백기를 흔들면서
절망으로 떠는 건가

별빛이
우두둑 지는
새벽은 찾아온다

동맥을 조여 놓고
말문도 빗장을 치고

빈 배만 태평양을
할 일 없이 오간다만

역사의
파란 눈빛이
새벽별로 지고 만다

대설의 세태

천지가 평온한데
어기대는 대설 아침

황량한 눈발들이
하늘 자락 덮고 있다

온 세상
고요한 뜰에
웬 날벼락 치고 있나?

은근히 돋아나는
분노한 마음결을

뿌리조차 흔드는
역겨운 설득 하며

그렇게
옥죄야 하는
무슨 사연 그리 깊나?

하늘도 갈아엎는
정신 나간 눈발들

추잡한 행태 날려
쏟아붓는 저 광기

대설의
풍요한 절기
눈이나 펑펑 뿌려라

코로나 유채꽃

낭만의 유채꽃이
바들바들 떨고 있고

꽃, 나비, 꿀벌 떼도
옴짝달싹 못 하는데

코로나
덮친 허공에
숨 막히는 푸른 하늘

봄 잔치 한마당도
코로나가 앗아가고

새 떼들도 기겁하며
날개 접고 기어간다

유채꽃
그 곱던 빛깔
어둠 속에 지고 있다

유채꽃 노란 들판
코로나19가 흔들면

하늘색도 엉클어지고
꽃잎도 스러진다

이 세상
고운 뜰 찾아
적막 속을 헤어날까?

종말을 보듯

별안간 쓰러지는
인간의 처참한 꼴

불가사의 영상들이
연이어 방영되고

무형의
코로나19
삶의 종말 내리는가?

인간의 고운 텃밭
절망의 바이러스

좌왕우왕 허둥대다
떠밀린 난파선같이

적막한
막장 드라마
종말은 어디인가?

형체도 하나 없는
해괴한 코로나19

무성의 전쟁터에
자빠지는 내 모습

허탈히
공포에 눌려
마스크 하나 목숨 건다

리어카

펑크 난 리어카가
고뇌 찬 삶을 끌고 간다

체념을 하였는가?
터벅터벅 걷는 모습

회한의
갈림에 서서
눈물 흘리며 가는 인생

젊은 날 고운 꿈도
허무한 무한의 세계

보석 같은 꿈도 비에 젖고
가슴에 깊은 한만

삭막한
아스팔트에
낙엽같이 날리고 간다

방황의 늪에서

감을 듯 뜬 눈으로
세상일 꿰뚫을까?

억겁의 시간 보내며
허둥대는 행각승들

덧없는
무상의 시공
방황의 늪에 내가 있다

뒤틀린 노송들도
눈서리 겪어내며

욕심 한 섬 벗어 놓고
바람인 듯 서걱이고

방황의
긴긴 늪에서
아침 해가 솟고 있다

장사도 유감

동백꽃 쪽빛 바다
눈꽃처럼 고와라

달빛에 노을 지는
정겨운 해상공원

장사도 천혜의 섬이
영화 촬영지로 피멍 든다

동백나무 후박나무
구실잣밤나무하며

멀리 가까이 작은 섬들
눈짓하듯 반갑구나!

낭만의
통영 장사도
황금병으로 짓밟힌다

무지개 피는 꿈

비 오는 날

생각도 이 뜰 안에
풀꽃처럼 반짝이고

속절없이 떠난 시간
겹겹이 벗어나면

어느새
내 하얀 삶이
강물 되어 채워진다

미지의 세상처럼
눈치 빠른 잔상들이

살포시 밀려들어
빈방 가득 채우고

환상의
아련한 꿈이
무지개처럼 피어난다

거미줄

포승줄 촘촘히 걸어
모가질 비틀더니

끝내 목숨 빼앗아
부른 배를 채우는

저항의
핏물을 쏟는
약자의 설움을 아는가?

땅거미

피안의 갈림길에
어슴푸레 뜨는 생각

태고 같은 노을빛이
잔잔히 지고 나면

목숨은
땅거미 되어
숨 가쁘게 묻는다

회색빛 틈 비집고
박쥐들이 날고 있다

스산한 달빛 속에
산하는 누워 있고

눈 감고
명상에 잠긴
끈 풀린 나의 운명

저녁 강에서

언듯 비친 강물 위에
반짝 뜨는 풀벌레 소리

이따금 스친 불빛
유년을 털어내면

긴 여행
저무는 강에
그리움만 떠간다

굽이굽이 소를 이뤄
하얀 물새 날려 놓고

미루나무 생각 속에
별이 총총 뜨는 고향

저무는
강 언저리에
옛 얘기만 흘러간다

허무

고사목 끝 가지에
매달린 하현달이

꽃잎 가득 채워두고
침묵하는 시공간들

꽃상여
하얀 꽃 하늘
창가 곁에서 떠간다

꽃나비 춤의 무대
눈발마저 쓸고 가면

세월 속에 속절없이
무거운 짐도 다 털고

어느덧
싸늘한 생각
새 떼처럼 날아간다

무지개

비 그치면 옥빛 하늘
곱게 뜨던 그 무지개

지금은 다 어디 갔나?
허망하던가? 이 세상

박탈된
가려佳麗한 정한
무지개는 침묵한다

연줄 끊긴 방패연처럼
내팽개치는 미풍양속

할퀴는 자국마다
가슴에 골만 깊어

연연連延한
전통의 동맥
무지개로 되비칠 그날

암각화

원시적 그 이전에도
분출되는 표현의 자유

주린 배 휘어 잡고
손가락 핏발 세우며

무딘 날
마음을 새겨
끌어안는 역사의 빛

집념은 돛배 가득
육중한 정신을 담고

사정없이 퍼붓는 정열
보릿고개 아랑 없이

순록의
청순한 눈매
순박한 삶의 텃밭

꽃보다 고운 혼백
비수보다 더한 인고

연약한 세상사를
바위에 새겨 놓고

수천 년
풍상 겪으며
삶의 흔적 새겼었다

할미꽃

꼿꼿이 선들 어떠랴!
그래, 곱게 핀들 어때?

피면서 무슨 죄 짓고
안으로 붉게 타나

순정도 할미꽃 새싹
시녀로 피고 지나?

꽃향기 취한 세상
갉아먹는 악의 꽃들

강력한 외압에 밀려
무너지는 옛 풍속

봄볕이 깨우는 산야
아직 할미꽃은 피고 진다

난초

좀처럼 눈길 안 주는
군자의 성품인 양

몇 해를 지켜봐도
어긋남 없는 그 지조

한순간
정을 포개고
힘찬 꽃대 왕성하다

개화하는 입을 열고
어김없는 때를 알아

지조는 끝 모를
침묵하는 그 자태

눈뜨는
순간 사이로
불끈 솟은 그 꽃대

춘란

지조 높은 매란국죽 춘란은 그도 못 해
고고한 지조의 품성 더욱더 아닌 듯
외진 곳 한쪽 심산에 달빛 벗해 살고 있다

초가삼간 바람 소리 정조 높은 선비 정신
한 줄기 고운 자락 정을 포갠 이 생명
천민의 인품을 닮아 풍상 겪으며 살아왔다

가는 잎새 연약한 마음 다시 생각나는 매력
왕성한 꽃대 피워 소담하게 웃고 있는
짓밟힌 민초의 고뇌 그늘에서 피고 진다

솟대의 꿈

내 방에 있는 솟대
훨훨 날고 싶다 한다

새장의 갇힌 새처럼
핼끔핼끔 눈치 보는

솟대는
민초의 꿈을
풍년으로 날고 싶다

노을 붉게 물들면
또 사유思惟가 이는 건가?

부귀영화 뜬눈으로
밤새도록 빌고 빈다

솟대는
미래의 화신化身
날고픈 푸른 하늘

이슬

이슬이 풀잎 속을
밤새도록 포옹하면

풀벌레 선잠에서
밤새도록 보채다가

희뿌연
공간의 세계
아침 해를 안는다

밤새워 고운 사연
꽃으로 엮어 보면

그리운 사람들이
달빛에 포개지고

아침 해
어둠을 털고
눈빛으로 세상 연다

거미줄 친 풀잎에
안개를 걷고 나면

꽃잎도 이슬에 젖어
빛을 잃고 누웠는데

새벽은
나를 깨우고
아침 해를 맞자 한다

호수

마음 비운 별들이 밤 호수에 잠기고
얄궂은 한 줄기 빛 떨어지는 계곡 위에
하현달 적막을 깨고 풀잎 위에 누워있다

개구리 송사리 떼 별들 속에 잠이 들고
되짚어 보면 가시덩굴 꽃망울처럼 고운 사연
쾌청한 그리운 정도 호수마다 풍겨온다

낚시

휘영청 보름달을
낚대 끝에 올려놓고

세속의 묵은 시름
겹겹이 풀어 보면

비릿한
허망의 꿈이
물결 위에 별이 된다

아침에

몽롱한 새벽안개
지척도 분간 없고

수많은 물풀 속에
꿈 잃은 연꽃 보며

아침 해
제 몸 숨긴 채
잡초처럼 눕고 있다

조여 오는 살림살이
암흑 같은 앞을 보며

세상 밝히는 큰 힘
실올 같은 눈꽃들이

불빛에
갈 길을 접고
침묵하는 무리가 된다

저녁놀

색동옷 물색 곱던
회상의 초가삼간

빛바랜 달무리도
한마당 모인 뜰에

저녁놀
허전히 서서
꿈결인 듯 삼삼하다

청잣빛 고운 하늘
마디마디 정한인데

아련히 그리운 정
허둥대는 고뇌의 상념

몰려온
문명의 그늘
노을처럼 붉게 탄다

연과 꽃

산빛 물빛 연이 되어
연꽃으로 돋아나서

연분홍 고운 꽃을
호수 위에 드러내고

한 생애
꽃 향을 주며
지고 또 피는 연꽃

빛바랜 정자 단청
아름다운 역사 보며

물욕도 연잎 위에
구르는 물방울처럼

청빈한
삶의 자태가
꽃잎마다 정으로 피네

강물

잎 피면 꽃도 피듯
강물은 새순 뻗으며

막혔던 강둑을 깨고
새 길을 트는 날은

저녁놀
강 언덕 위에
무지개도 풀어 놓고

달빛 내린 무덤 끝에
걸어 놓은 죽음의 소리

한 줄기 파란 햇볕
가슴으로 스며들면

갈바람
강물 흔들듯
깊은 잠을 깨운다

봄빛 한 덤불

팔공산 초승달

생각 속 잠긴 잡념
털어내는 풍경 소리

천년 고찰 동화사도
깊은 고뇌 풀어 가며

저무는
저녁놀처럼
사랑 얘기 엮고 있다

얄미운 초승달이
팔공산에 보채이다가

동화사 번뇌의 가슴
질경이처럼 후비다가

끝내는
단종 가락을
팔공산에 흩뜨린다

제2석굴암

세속에 얽힌 시간
실개천 스쳐 가고

지저귀는 산새 소리
노승들은 춤춘다

한 생애
고뇌를 지고
버티고 선 석가여래

덧없이 보낸 세월
아쉬움만 남았는가!

껍데기 씹다가도
토해내는 험한 공간

적막만
가득한 절간
달빛이 처량하다

하늘정원

팔공산 비로봉 정상
웃고 있는 산꿩다리

앉은뱅이 민들레도
돌 틈새로 꽃 피우고

억새풀
철조망 녹을
갉아먹는 하늘공원

꽃잔디 파릇한 봄을
나비 떼가 물고 와서

귀청 때린 포성으로
펴 나르는 산 메아리

청아한
하늘정원이
팔공산을 품는다

멧새 소리 바람 소리
가지마다 꽃등 걸고

낙동강 강바람을
비로봉에 다 쏟으면

팔공산
하늘정원이
꽃 잔치로 뜨고 있다

은해사

개울물 곱게 풀어
꽃잎도 띄워 놓고

파아란 한 자락도
여유 있게 비춰놓고

은해사
인경 소리에
수런대는 삼존불상

꽃잎도 염불 소리
계곡에 흩어 내면

새소리 바람 소리
흰 구름 푸른 바다

답답한
삶의 짐들을
청계에 띄워 보낸다

길 잃은 영혼들이
바람에 흔들리고

대웅전 무언의 눈빛
염불로 풀어내고

미륵불
청솔에 앉아
깊은 묵상에 잠긴다

평지승원平地僧院 운문사

꽃 지고 열매 맺는
칠흑 같은 그 밤도

신승神僧의 무상한 영검
호거산*에 절 짓고

작갑사*
평지승원平地僧院에
연년세세 염불 소리

청려淸麗한 첨마檐馬 소리
협협한 대웅보전

비구니 애틋한 마음
마뜩게 씻어 놓고

운문사
낡은 전각에
목탁 소리 또 설렌다

물욕을 다 털다 보면
보살이나 되는 건가

허둥허둥 보낸 세월
소탈한 사바세계

범종은
중생의 고뇌
청계清溪처럼 훑고 간다

* 호거산: 청도 운문사 산명
* 작갑사: 진흥왕 때 운문사의 전 사찰명

고분군에서

저주의 함성들이
안개처럼 피어난다

자유가 어떤 것인지
소리 없이 죽어 간 영혼

끌려온
철부지 굴레에
절규하는 영혼을 본다

밤마다 울어대는
원혼들의 절규들

귓가에 쟁쟁하는
자유의 큰 함성들

그래도
맺힌 한 풀고
그냥 돌탑으로 잠긴다

도산서원

도산서원의 의미는
숨어 피는 산란 같다

피로도 연으로도
내게 걸린 것 하나 없고

전교당
마루에 앉아
은은한 묵향에 젖는다

풀벌레 울음에
처연히 달은 뜨고

토담 가린 목련꽃
설레어 눈을 뜨면

반세기
연연한 사모
끝없는 행렬을 본다

꽂지 기행

서해를 품고도 남은
설레는 꽂지 해변

그때도 빈 가슴엔
애타는 사랑의 눈매

애증의
전설 속 꽂지
하얀 물결로 달랜다

할미바위 시공 너머
초록 비단 펼친 위에

주홍빛 서녘 하늘
시선 끄는 꽃빛 낙조

동양화
한 폭의 멋을
연연娟娟히 펴붓는다

* 꽂지: 안면도 해수욕장 이름

한려수도

아침 햇살 출렁이며
속삭이듯 반긴다

장미꽃 빨간 눈매
물결마다 빛이 나고

줄줄이
사랑의 말씀
풀어 놓은 한려수도

설레는 쪽빛 바다
물샌들 알겠는가?

배 한 척 달빛 한 섬
마음 가득 풀어 두고

고향은
푸른 바다 위
햇갈매기도 날린다

창녕 우포늪

자운영 꽃망울을
애련히 피운 늪에

파란 봄빛 한 덤불
저리 곱게 깔아 두고

는개꽃
하얀 물결에
이팝나무 잔잔하다

외다리 처연히 세운
황새들의 깊은 생각

떼 지어 날아오는
권속 같은 청둥오리

긴 여정
회포를 푸는
옛 장터 같은 우포늪

욕심도 분에 겨운
목선 하나 홀 삿대

수련꽃 향 삶에 겨워
투덜대는 물방개들

헐벗은
그 옛날처럼
물장구치는 물벌레들

호미곶에서

세월에 깎인 등대
한 설움 털어 내면

인고의 늪에 어린
까마득한 등불처럼

고깃배
가득한 시름
출렁이는 그리움

목선에 돛을 달고
댓가지에 실도 걸고

물새 떼 연한 춤에
파도 소리는 장단 맞다

동해의
끝자락에서
퍼덕이는 깃발을 본다

울분을 못내 삼킨
순진한 뱃고동이

헐떡이는 망아지처럼
삶의 짐을 내려놓고

어둠의
노을을 펴고
하얀 연꽃이나 달아볼까?

통도사에서

티끌만 한 잡념들도
품고 가는 통도사

자질구레 고뇌들도
어렴풋이 생겨나고

영욕도
한갓 물거품
철떡 없는 목탁 소리

염불도 겉치레뿐
털어내는 속마음

때 묻은 삶의 그늘
비우는 바람 닮아

자비로
다듬고 씻은
대웅전 풍경 소리

짓눌린 삶의 늪에
버둥대는 하루살이

석등에 기대 선 세월
모두 다 헛것인 것

통도사
범종의 울림
중생들을 일깨운다

갯바위

청빈으로 살아왔다
짓밟힌 질경이처럼

험한 풍랑 눈 귀 막고
숨죽이며 살아왔다

새 시대
이끼 걷힌 날
꽃 향처럼 살고 싶다

물풀도 되감기듯
허리 못 편 이 고뇌

살을 에는 동천에도
목숨 지켜 살았는데

갯바위
사슬을 풀고
훌훌 털고 가고 싶다

하얀 물새 남빛 바다
조여 오는 삶의 무게

더러는 굴레 쓰고
노을 털고 일어나듯

이 번뇌
가을꽃처럼
바람결에 날고 있다

동피랑 벽화마을

벽랑길 딛고 서는
허기진 산기슭은

가난도 까마득히
잊은 채 오래인데

동피랑 벽화마을이
눌린 가슴 메아리친다

가난한 초가집도
정 주며 살던 그때

연붉은 사연들을
접시꽃에 곱게 달고

벽화로 세세히 그려
남해 멀리 보낸다

영도다리

해 지는 자갈치에는
땀에 젖은 파도 소리

삶의 무게 짙게 눌려
팡파지게 퍼진 다리

한 생애
난파선처럼
풍경에 잠긴 생각들

전쟁의 포화 속에
서럽던 이산가족

알알이 흩어진 핏줄
삼삼히 비칠까만

피난길
피눈물 젖은
애환의 영도다리

오륙도

그립고 그립다 하여
흩어지고는 모이고

어느 날 하루라도
옷깃을 풀까마는

오륙도
풍상에 겪은
할 말 많은 섬들이여

태초부터 하나인데
심란하게 쪼아 댄다

태평양을 꿰뚫고 앉은
의젓한 기풍 넘친다
·
끝없는 대망의 야욕
너는 분명 꿈이었다

외세가 가하면 분명
하나가 되고 남는

풍상이 잦은 대해
정을 주며 나누었다

평화의 화신에서는
아득한 세상 품는 기상

해동용궁사에서

나는 천년 고찰
파도 소리 귀를 열어

연꽃 연등 바윗돌
청솔 잎에 내려 앉아

용궁사
한 폭의 고뇌
설법으로 아침 연다

물새 떼도 비껴가는
설레는 관음성찰觀音聖刹

바다에 잠길 듯
창파滄波를 잉태하며

신비한
미지의 길을
동해가 품고 간다

목탁 소리 사람 소리
망상妄想히 뒤죽박죽되는

비좁은 여울 길목
방황하는 나그네들

확 트인
관세음보살
북적대는 동해 용궁사

* 해동용궁사: 부산시 기장군에 있는 고찰, 춘원의 시조시비가
길가에 있다.

안동역에서

완행열차 처음 타던
설레던 그때 그 시절

기억조차 아득하고
검던 머리 희끗희끗

간이역
들국화 핀 철길
멍하니 철길에 서 있다

저무는 달빛 한 자락
안동역 위에 혼자 거닐고

틈도 없던 대합실은
찬바람만 불어온다

근근히
이어진 풍습
낙엽처럼 뒹굴고 있다

기적 소리 힘에 겨워
비틀대는 간이역이

옷깃 잡고 졸라댄다
거닐잔다 한적한 뜰에서

전통도
어쩔 수 없나
허수아비처럼 쓰러지는 들판

성산일출봉에서

먹구름 장막 치고
천둥으로 천지 흔든

연꽃 같은 바다 위에
불기둥 뿜어낸 자리

여기는
태고의 신비
상념 속에 해가 뜬다

갈매기 티 없는 눈매
부스스 깨는 남해

가슴에 불을 지펴
새 삶을 잉태하면

나그네
싸늘한 가슴
불꽃으로 활활 탄다

영겁을 침묵으로
참아 온 역사 앞에

분노의 함성처럼
생명들이 뛰는 바다

활짝 연
세계 문 앞에
비상의 꿈을 편다

묵호항 등대

인고의 풍상 겪으며
장승처럼 선 등대 하나

무심히 곁눈질하며
비켜선 나를 본다

행색이
낮달을 닮은
나를 깨운 묵호 등대

작품 해설

품격品格 있는 겸허謙虛의 미학
장식환의 시 세계

문무학

1. 서

시인 장식환은 생전 두 권의 시집을 남겼다. 1979년 〈매일신문〉 신춘문예에 「형산강 그 옛마을」로 당선되고, 이듬해 〈중앙일보〉 신춘문예에 「고향 가을」이 당선되어 작품 활동을 시작했다. 신춘문예 2관왕의 흔치 않은 명예를 얻으며 화려하게 등단했다. 이후 18년 후인 1997년 『연등 들고 서는 바다』라는 제목의 첫 시조집을 상재했다. 시집 발간을 서두르지 않았음은 작품 창작에 그만큼 신중했다는 사실을 잘 드러내는 일이다.

『연등 들고 서는 바다』의 해설을 쓴 채수영은 '정서의 변형과 의식의 갈래'라는 제목으로 그의 작품을 살폈다. 그는 "장식환 시의 귀결점은 고향으로의 길을 확보하려는 특징을 들 수 있다. 이는 실제 공간으로의 개념일 수도 있고, 또 가상공간으로의 정신적 이미지일 수도 있다. 이는 어떤 개념으로 결부되는 고향이라는 일정한 지향이 시의 행로를 마무리 짓는 유형으로 처리" 된다고 보았다.

작품 기법 측면에서는 "간결하면서도 안온한 정적미를 특징으로 하면서 한국미의 엣센스를 향한 집념을 만나게 된다. 이런 현상은 삶의 바탕에 뿌리를 내린 뒤에 새로운 의식의 여행을 떠나는 사람이 향유할 수 있는 특징이 될 것이다. 장식환의 시는 이 점에서 독자를 즐겁게 하는 근원이 될 수 있을 것 같다." 라고 썼다. 소재와 기법 면에서 시 세계를 밝혔는데 쉽게 동의할 수 있는 견해다.

첫 시집 발간 이후 그로부터 또 17년 후인 2014년에 두 번째 시집 『그리움의 역설』을 출간했다. 이 역시 매우 신중한 행보가 아닐 수 없다. 35년간 두 권의 시집을 낸 것이다. 이 시집의 작품 해설은 필자가 맡았는데, "아름다운 세상을 꿈꾸는 파토스" 로 읽었다. 필자는 장식환 두 번째 시집 해설에서 이 시집은 시인이 "삶이 무엇인가에 대한 물음으로부터 비롯하여 그 대답을 찾는 과정이 시로 태어났다. 그의 시는 공허한 것이 아니라 독자들에게 긍정의 빛을 던져주고, 그로부터 자기 삶을 돌아보게 한다. 또한 우리 삶을 에워싸고 있는 사회 환경의 추함에 공분을 느끼게 한다. 그 공분은 누구에게나 공감되는 것이며 시인의 공분에 동참하지 않을 수 없게 한다." 고 읽었다.

그로부터 또 10년이 가까운 세월이 흐른 뒤에 세 번째 시집을 발간할 무렵에 그는 이승을 하직하고 말았다. 그를 아는 많은 사람들을 매우 당황케 했다. 너무나 갑자기 떠났기 때문이다. 그가 황망하게 떠나고 컴퓨터에 심어놓은 작품으로 이 시집을 묶게 되었다. 참으로 이름 붙이기 꺼려지는 '유고시집'이라고 밝히면서……. 생전에 시집 발간을 염두에 두고 남긴 말씀 한 줄 때문에 이 해설을 또 맡긴 했지만, 장식환 시인이 작품을 대하는 품격 있는 겸허함에 누가 될까 봐 적이 걱정스럽다.

2. 품어도 못다 한 정을

1부에 묶은 작품들은 고향과 피붙이에 대한 사랑의 노래다. '고향故鄕'은 사전에서 "자기가 태어나서 자란 곳"으로 풀이된다. 고향을 그리워하는 것은 동서와 고금, 범인과 영웅이나 예술가가 다르지 않다. 『플루타르크 영웅전』에는 "인간 도처에 청산이 있다 해도, 고국 산천 그리움이 그칠 줄이 있을까."라는 말이 있고, 베토벤은 "고향이여, 아름다운 땅이여, 내가 이 세상의 빛을 처음 본 그 나라는 나의 눈앞에 떠올라 항상 아름답고 선명히 보여 온다, 내가 그곳을 떠나온 모습 그대로!"라고 노래하기도 했다.

이 같은 고향의 의미를 가장 적극적으로 표현한 사람은 폴란드 낭만주의 작곡가 쇼팽이다. 자유로운 영혼을 지닌 피아노의 시인으로 불리는 그는 39세의 나이로 프랑스 파리에서 세상을 떠났다. 그러나 마지막까지도 고향을 잊지 못해 자신의 심장을 폴란드에 묻어달라는 유언을 남겼다.

그래서 죽은 쇼팽의 몸은 파리의 페르 라세즈 묘지에 있지만 그의 심장은 바르샤바의 성십자가 성당에 잠들어 있다. 그의 형 루드비카가 동생의 심장을 꼬냑이 든 병에 숨겨 바르샤바로 은밀히 가져왔던 것이다.

사람은 모두 고향을 그리워하게 마련이라는 것을 강조하기 위하여 '수구초심首丘初心' 이라는 말을 쓰기도 한다. '여우가 죽을 때 그 머리를 고향 언덕을 향해 돌린다' 는 뜻이다. 이러할진대 고향의 그리움과 소중함을 더 이상 말할 필요도 없다. 시인 장식환, 그도 참 고향을 많이 그리워했다. 그리워했다는 것은 그가 남긴 적지 않은 고향 시편에서 드러난다. 장식환 시인의 고향은 신라 천년의 고도다. 경주는 고향이 아닌 사람이라도 그리워할 수 있는 고도다. 그런데 경주를 고향으로 가진 시인이라면 어찌 그리워하지 않을 수 있겠는가.

시인이 남겨 놓은 미발표 작품에는 경주 주변의 「형산강」과 「무장산」, 「석병항」, 「주상절리」가 있고 그 강산에 남은 신라의 유적인 「삼릉」, 「기림사」, 「소실된 분황사」 등에 대한 시인의 소회가 있다. 그 외 「가을 고향에서」, 「단상의 추억」, 「한가위 달을 보며」, 「옛날 장터」, 「그 옛날의 달무리」 등이 있다. 이 같은 경주와 인근의 자연과 유적에 관한 모든 작품은 '추억' 으로 연결되어 시인의 삶에 깊이 뿌리내려 있었다. 그 생각을 잘 간추린 작품으로 「단상의 추억」이 있다.

아직도 따뜻한 피
옷깃에 머무는가

소쩍새 울던 밤이
꿈결에도 삼삼하다

보름달
속살을 벗겨
삽짝에도 걸었었다

작은 손바닥 닳도록
그렇게도 빌던 축원

꿈같은 그날들이
허무로 남는건가!

빛바랜
고향하늘에
낮달만 들락거린다

타는 듯 붉은 노을
까마득한 고향 마실

세속에 밀린 풍경
쓰러지는 얽은 토담

갈가리
세속에 찢겨
빛 잃은 달이 보챈다

-「단상의 추억」 전문

소쩍새, 보름달, 삽짝, 낮달, 마실, 토담 등의 낱말만으로도 고향을 떠올리는 데 부족함이 없다. 첫 수에서 드러나는 아련한 고향의 밤, 둘째 수의 적적한 고향 하늘, 셋째 수의 세속에 밀려나는 까마득한 고향 마실이 주는 느낌은 아련하다가 적적하고 적적하다가 안타까워진다. 그 안타까움은 고향이 세속에 따라 달라지고 사라지고 있다는 것에 있다. 첫 수의 삽짝에 걸었던 보름달 속살이 셋째 수에 이르면 "세속에 찢겨/ 빛 잃은 달이" 된 것이다.

이렇게 고향이 변해가는 까닭은 어디 있는가? 시인은 그 핵심을 '문명'이라는 말로 꿰고 있다. 「가을 고향에서」 "문명은 헌 둥지 속을/ 갈기갈기 뜯고 있다"고 했으며, 「한가위 달을 보며」에서는 "문명의 독버섯"이라고 표현했다. 그리고 「옛날 장터」에서는 "재래시장이 현대시장에/ 밀려나는 문명의 시대"라고 했다. 따라서 추억 속에 있는 고향이 전혀 다른 고향이 된 것은 문명 때문이라는 것이다. 그것을 '독버섯'이라고 표현하는 걸 보면 상심이 얼마나 큰가를 알 수 있다.

그렇다면 '문명文明'은 무엇인가? '문명'은 인류가 이룩한 물질적, 기술적, 사회 구조적인 발전, 자연 그대로의 원시적 생활에 상대하여 발전되고 세련된 삶의 양태를 뜻한다. 이렇게 부정적으로만 볼 수 없는 뜻을 가졌는데 왜 그랬을까? 시인은 '문명'과 '문화'를 상대적 개념으로 파악하고 있었던 것으로 추측된다. 문명은 물질적, 기술적 발전이며, '문화'는 정신적, 지적인 발전으로 본 것이다. 엄밀히 구별할 수 있는 것은 아니지만 그렇게 보는 견해도 적지 않다. 장식환 시인은 이 문명이 문화와 함께했다면 고향이 그리 삭막하게 변하지 않았을 것이라는 생각을 하며 안타까워진다는 것이다.

1부의 다른 한 축은 '가족 사랑' 이다. 어머니와 아내 그리고 손주와 외손녀에 대한 그야말로, 사랑이 넘치는 마음을 쏟아놓고 있다. 어머니에 대해서는 "허기진 당신 무덤 지금도 못 주무실까" 걱정하고 있으며, 아내에게는 생일 한 번 제대로 챙겨주지 못한 것을 미안해하며 "내년에/ 내년에 하다/ 또 한 해가 달 지듯 졌다"고 후회한다. 그 후회가 가슴을 치게 한다. 그러나 대를 잇는 손자 손녀들에서는 "벨소리 울릴 적마다 하마 올까 기다린다"는 할아버지의 사랑을 「다온이 외손녀」에서는 "꽃이야/ 또 곱다지만/ 이보다 더할까"라고 읊었다. 그런 가족 사랑을 모아 시인은 「사랑의 노래」를 불렀다.

살구꽃 사랑 여는
봄바람 같은 젊은 눈매

접은 마음 올올이 풀듯
끝없는 사랑 이야기

온 세상
꽃물 퍼붓고

그리움만 타고 있다

자유의 깃발처럼
거침없는 언약들이

묶여진 관념 벗고
새떼처럼 날고 나면

분홍꽃
타는 가슴에
출렁거리는 사랑이여!

-「사랑의 노래」 전문

3. 단풍으로 풀어놓고

2부는 봄 여름 가을 겨울, 계절의 사유를 담은 작품들로 묶었다. 시간 가면 날이 가고, 날이 가면 달이 가고, 달이 가면 계절이 바뀌고, 사계절이 한 번 바뀌면 해가 바뀐다. 이 계절의 흐름을 노래하지 않는 시인은 없다. 1부에서 장식환 시인은 고향을 '추억' 속에 갈무리하고 있었는데 계절에서도 G. 바슐라르가 "계절은 추억의 기본 표지"라고 했던 것처럼 추억으로 매달고 있다.

장식환 시인은 봄은 「봄비」, 「봄의 정서」, 「곡우穀雨」, 「오월의 산정」으로, 여름은 「여름 중문 바닷가」에서 읽었다. 가을은 「여운」, 「처서를 맞으며」, 「가을에」, 「단풍 잔치 팔공산」, 「가을 나그네」, 「이 가을에」, 「가을 색조」, 「가을 길목」, 「통영 가을」, 「황망한 그리움」, 「망국의 가을 창녕고분」에서, 겨울은 「겨울 파계사」에서 읽었다. 사계절 중 봄과 가을의 작품이 많고 그중에서도 가을에 대한 작품이 더욱 많다. 장식환 시인에게는 시의 계절이었다고 말할 수 있을 정도다.

'가을' 은 누구에게나 생각 많은 계절, 신석정 시인은 "가을에는 기도하게 하소서" 라고 노래했고, 라이너 마리아 릴케는 「가을날」에서 "지금 혼자만인 사람은/ 언제까지나 혼자 있을 것입니다./ 밤중에 눈을 뜨고 책을 읽으며/ 긴 편지를 쓸 것입니다./ 나뭇잎이 떨어질 때 불안스러이 가로수가 나란히 서 있는 길을 왔다 갔다 거릴 것입니다." 라고 노래했다. 가을은 그런 계절이다. 시인 장식환도 가을에 참 생각이 많고 깊었다.

청자 하늘 외려 고와
반색 못 한 내 마음

앙칼진 선무당처럼
어설픈 가을 새 떼

갈가리
찢긴 가을 벌에
허전한 낮달 내려앉는다

기적 소리 아득한

강나루 여울목에

버려진 생각처럼
뒹구는 단풍잎들

또 한 해
사립문 닫고
그리움의 꽃 피운다

-「가을에」 전문

첫 수에서 청잣빛 고운 하늘도 반기지 못한다. 가을 새떼들은 따뜻한 남쪽 나라를 찾아가며 울음 아닌 고함을 지르며 먼 길을 가고 가을 벌은 적막하다. 그 적막을 허전한 낮달 내려 앉는 것에 비유하며 비감에 젖는다. 둘째 수에서는 강변에 쏟아지던 아득한 기적 소리는 기차가 뿜어내는 것이 아니라 시인이 겪은 세월의 소리다. 그래서 잊은, 아니면 애써 버린 생각들이 단풍잎으로 흩어지고 있다. 그런 가을은 한 해라는 세월을 다 삼키고 그리움의 꽃을 피운다. 그리움의 꽃은 아름다운 것이 아니라 반길 수 없는 아픔이거나 설움일지도 모른다.

반가운 봄비 소식 고사목도 눈 뜨고
땅속의 흐르는 지맥 뜨겁게 일깨우면
빗장 친 사립문 열고 몰려드는 햇볕들

까치집 둥지 위에 파닥이는 새 생명

암흑의 시공간을 연초록으로 물들이고
봄비는 천지공간의 새 생명을 흩뿌린다

-「봄비」 전문

가을 노래가 이렇게 비감에 젖었지만 장식환의 봄은 새 생명의 잉태였다. 첫 수에서 봄을 풍성하게 차릴 수 있게 하는 것은 봄비, 그리고 봄비 그친 다음의 햇볕이라고 본다. 봄비가 내려 새싹이 돋고 새싹은 돋아 꽃을 피운다. 시인은 봄비가 내리는 반가움을 「고사목도 눈 뜨고」라는 과장법으로 꾸미면서, 땅속의 지맥까지 일깨운다고 읽었다. 둘째 수에서는 식물의 세계를 주시했던 시선이 조류의 세계로 옮겨간다. "까치집 둥지 위에 파닥이는 새 생명"의 상상은 연초록으로 물든다. 봄비는 그렇게 천지공간에 새로움을 뿜어댄다.

계절의 상징은 시인의 개성을 발휘하는 영역이다. 폴란드 속담에는 계절을 사람에 비유하여 "봄은 처녀, 여름은 어머니, 가을은 미망인, 겨울은 계모"로 상징하기도 한다. 이 표현에 기대 장식환의 계절 상징을 유추해 보면 봄은 생명, 여름은 낭만, 가을은 그리움, 겨울은 해탈로 쓸 수 있겠다. 봄의 상징 생명은 작품 「봄비」에서, 여름 상징 낭만은 「여름 중문 바닷가」, 가을 상징 그리움은 「처서를 맞으며」 외 여러 편에서, 겨울 해탈은 「겨울 파계사」에서 만날 수 있다.

4. 잿빛 같은 이념의 땅에

3부의 작품은 세상 이야기다. 시인이 바라본 세상 풍경이다. 시인이 바라본 이 땅은 '이념'에 젖은 땅이어서 온통 잿빛이다. 시인은 「고뇌」라는 작품에서 "잿빛 같은 이념의 땅"이라고 표현했다. 3부의 작품을 바로 읽으려면 이 '이념'과 '잿빛'의 개념을 이해하는 것이 좋을 듯하다. '이념理念'은 "이상적인 것으로 여겨지는 생각이나 견해"라는 의미를 갖지만 그 생각과 견해가 서로 다른 사람들이 많기 때문에 이념을 두고 개인적으로 싸움을 하기도 하고 국가 간에는 전쟁을 하기도 한다. 우리나라는, 우리가 사는 이 땅은 어떤 의미에서든 이념에 희생된 땅이다.

'잿빛'은 순우리말로 회색을 가리킨다. 무채색 중 하나로 흰색과 검은색을 섞었을 때 나오는 색이다. 대부분의 색이 그렇지만 '회색'에 대한 정의는 명확하지 않다. 가장 어두운 검은색과 가장 밝은 흰색을 제외한 그 중간의 무채색은 모두 회색이 되는 것이다. 자연물의 상징인 초록색과 대비되는 상징으로 주로 사용된다. 색상이 없으면서도 밝은 흰색도, 어두운 검은색도 아니기에 사상 논쟁이 격렬한 곳에서는 이도 저도 아닌 중도주의자들을 비판할 때 회색분자라고 일컫기도 한다. 그러나 회색은 매우 차분한 분위기를 주는 색이다.

장식환 시인은 3부에서 '이념'과 '회색'을 상징으로 우리 땅의 아픔을 말하면서 정치와 우리 사회에서 문제시되고 있는 많은 문제에 대한 걱정을 쏟아놓았다. 「정치 인생」, 「겨울 청문」, 「아직도」, 「뜨거운 낮」 등을 통해서 정치 문제를 걱정하고, 「어찌할꼬」 같은 작품을 통해서는 다문화 가정, 「빈부의 공간」이나 「리어카」 같은 작품을 통해서는 빈부의 차를 우려한다. 「고뇌」 같은 작품을 통해 자연 환경을 걱정하고 「코로나 유채꽃」, 「종말을 보듯」 등에서 코로나로 고통당했던 이 땅의 사람들에게 애정을 쏟는다.

세상이 왜 이러나
시근덕거리는 미치광이들

꼴값 못 한 꼭두각시도
까드락거리는 광대놀음에

겁먹은
개나리꽃들
봄이 온들 상큼 필까?

코뚜레에 끌려가는
휘청휘청 바람꽃들

얼럭광대 굿거리
피멍들게 하는 것 아닌가!

팽개친
민생의 아픔
생각기나 하는 건가!

돌짝밭 일궈낸 신화
이제야 꽃이 피더냐?

아직도 서릿발 같은
비정한 세태에 찌든

희한한
공지에 서서
황당하게 웃을까?

-「아직도」 전문

이 작품은 첫 수 초장에서 "세상이 왜 이러나" 하는 탄식을 뱉으며 시작된다. 정치판의 사람들을 질책하는 것이다. 중장의 "꼴값 못 한 꼭두각시도/ 까드락대는 광대놀음에" 에서 잘 드러난다. 정치인의 행동을 드러내는 적절한 말을 찾았다. 먼저 '꼭두각시' 다. 꼭두각시는 '남의 조종에 놀아나는 사람' 을 가리키는 말이다. '까드락대다' 라는 말도 절묘하다. 이 말은 '거만스럽거나 잘난 체하며 버릇없이 구는 것' 을 말한다. 여기에 또 '광대놀음' 이 이어지니 정치판의 본모습을 상상하고 남을 만하다.

둘째 수로 넘어오면 정치판의 사람이 아니라 정치판의 사람들이 제 할 일을 바르게 하지 못해 끌려가는 민생을 주시한다. '얼럭광대 굿거리' 라는 표현이 있다. 얼럭광대는 어릿광대가 분위기를 띄워 놓은 다음에 나오는 진짜 광대를 가리키는 말이다. 어릿광대는 진짜 광대가 나오기 전에 먼저 나와서 우습고 재미있는 이야기나 몸짓을 하여 판을

어우르는 역할을 한다. 따라서 시인은 시쳇말로 하면 정치 고수를 어릿광대 아닌 얼럭광대로 본 것이다. 종장에서 직설적으로 "팽개친/ 민생의 아픔/ 생각기나 하는 건가!"라고 분노한다.

셋째 수에 오면 정치가 걷는 잘못된 길이 오늘의 부를 창조한 전 세대世代에 대한 외경畏敬 없음에 대한 한탄이다. 그런데 이런 시대에도 이념으로 싸우고 세태는 비정하다. 이런 상황을 도대체 어떻게 판단해야 할지 모른다. 그래서 시인은 '희한한'이라는 낱말을 끌고 온다. '희한한'은 어떤 상태를 말하는가? '희한하다'는 순우리말같이 느껴지지만 한자어다. 드물 희稀에 드물 한罕 자를 써서 '드물고 또 드물다'라는 의미를 갖는다. 그래서 종장을 "희한한/ 공지에 서서/ 황당하게 웃을까?"라고 마무리 지으며 어처구니없어 하는 것이다.

> 펑크 난 리어카가
> 고된 삶을 끌고 간다
>
> 체념을 하였는가?
> 터벅터벅 걷는 모습
>
> 회한의
> 갈림에 서서
> 눈물 흘리며 가는 인생
>
> 젊은 날 고운 꿈도

허무한 무한의 세계

보석 같은 꿈도 비에 젖고
가슴에 깊은 한만

삭막한
아스팔트에
낙엽같이 날리고 간다

-「리어카」 전문

잿빛 이념이 판치는 이 땅 한구석의 아픈 삶에 보내는 연민의 정이다. 「어찌할꼬」라는 작품을 통해 다문화가족의 아픔을 "서툰 언어 어찌할꼬?" 하며 보낸 그런 정이다. 아픈 삶은 어느 지역에 한정되는 것이 아니라 지구촌에 널려 있다. 이 작품의 첫 수는 누구라도 결코 한 번도 보지 않았다고 말할 수 없는 폐지 실은 리어카를 끌고 가는 노인의 삶을 주목한 것이다. 리어카도 튼튼한 게 아니라 펑크가 났다. 펑크가 났다는 것은 어려움을 강조하는 수사법이지만 '터벅터벅' 발걸음을 어찌 무심히 바라볼 수 있겠는가.

둘째 수에서는 그런 안타까운 광경을 보는 시인이, 리어카를 끄는 노인이 되어 그 리어카를 마음으로 끌어보는 것이다. 젊은 날의 고운 꿈은 이렇게 비참한 것이 아니었다. 커다란 꿈을 꾸고 있었다. 그러나 그가 맞은 환경이 녹록지 않아 그 꿈을 이룰 수 없었다. 꿈을 이루지 못한 한이 가슴 깊숙이 웅크리고 있다. 그렇게 삭막한 현실에서 아스팔트

길에 낙엽이 날리듯이 그렇게 내 인생이 가고 있다고 느껴보는 것이다. 이런 삶이 어찌 리어카를 끄는 노인의 삶에서만 볼 수 있는 것이겠는가. 눈 한번 크게 떠보는 시인이다.

5. 무지개로 피는 꿈

4부의 작품은 서정의 본질에 가까이 가 있는 작품이다. 서정시는 원래 악기에 맞추어 부르는 노래 가사를 의미했다. 그러나 읽기 위해 창작된 이후 개인적인 감정을 표현하는 짧은 시를 뜻하게 되었다. 주관적인 개성의 문학인 동시에 자신의 감정 표현이다. 서정적인 글은 자아와 대상 사이의 대립이 없으므로 시인이 말하는 것과 시인 사이에 간격이 없다. 그러므로 서정시는 시인의 주관적 정서나 내적 세계를 드러내게 되는 것이다. 이러한 서정시는 세계의 자아화, 주관과 객관의 일치, 자아로의 회귀라는 특징을 갖는다.

서정시의 기둥은 '나' 다. '나' 는 남이 아닌 자기 자신이며, 대상의 세계와 구별된 인식, 행위의 주체이며, 체험 내용이 변화해도 동일성을 지속하여 작용, 반응, 체험, 사고, 의욕의 작용을 하는 의식의 통일체이다. 서정시를 쓰는 이유는 자기를 찾아 자기를 만나는 것에 있다. B. 파스칼은 그의 「팡세」에서 "인간은 자기 자신을 알아야 한다. 그것은 비록 진리를 발견하는 데는 도움을 주지 않는다 하더라도

최소한 자기의 생활을 율律하는 도움을 준다."라며 삶에서 나를 찾는 일이 중요한 일이라고 했다.

시인 장식환은 삶의 주변에 있는 모든 것에서 자기를 찾아 헤맸다. 「비 오는 날」이나 「아침에」, 「저녁 강에서」도 찾았고, 「호수」와 「강물」에서도 찾았다. 「거미줄」, 「무지개」, 「저녁놀」, 「할미꽃」, 「난초」, 「춘란」, 「이슬」, 「연과 꽃」 등 자연에서도 찾았다. 「암각화」라는 문화유적에서도 찾고, 자연 현상인 「땅거미」에서, 방 안의 장식물 「솟대의 꿈」에서도 찾았으며 「허무」라는 생각 속에서도 찾고 「낚시」라는 행위를 통해서도 찾았다. 그렇게 찾은 나는 어디 있고, 무엇이었는가? 장식환 시인이 '나'를 찾아 헤맨 시에서 독자가 찾아야 한다.

5부의 작품 중에서 서정시의 본질을 유감없이 드러내며 장식환 시인이 평생 동안 창작해 온 시조의 특성을 잘 드러낸 작품이 눈에 띈다. 짧은 시로 나를 찾는 내용이 명징하게 드러나는 것이다. '나'는 자신의 생각 속에 있다. 행동으로 드러나기도 하겠지만 '나'는 나 자신의 생각 속에서 찾을 수 있을 것이다. 인류가 고안한 여러 놀이나 장치 중 생각하기 가장 좋은 것은 무엇일까? 그것은 아무래도 낚시가 아닐까 생각된다. 아니나 다를까 장식환 시인도 낚시를 통해 나를 찾아가는 시를 보여주고 있다.

휘영청 보름달을
낚대 끝에 올려놓고

세속의 묵은 시름
겹겹이 풀어 보면

비릿한
허망의 꿈이
물결 위에 별이 된다

-「낚시」 전문

시조의 본류인 단수에 '나'를 찾는 고요한 정경을 담아내고 있다. 하필이면 보름달이 떴다. 낚대 끝에 그 보름달을 걸어놓았다. 그것도 휘영청 빛나는 보름달이다. '휘영청'이라는 부사가 부사의 역할을 제대로 하는 듯하다. 그렇게 낚대를 던져놓고 이 생각 저 생각에 젖어들면서 골똘하게 생각해서 삶의 매듭 같은 것들을 풀어 보면, 내가 가졌던 꿈들은 어이없이 허무한 것들이었고, 비릿하게 느껴진다. 그때 이루지 못한 꿈들은 지금 낚대를 던져놓은 물결 위에 별로 뜨고 있다. 삶은 허무했고 나는 그 허무 속에 있었다.

생각도 이 뜰 안에
풀꽃처럼 반짝이고

속절없이 떠난 시간
겹겹이 벗어나면

어느새

내 하얀 삶이
강물 되어 채워진다

미지의 세상들이
눈치 빠른 잔상들이

살포시 밀려들어
빈방 가득 채우고

환상의
아련한 꿈이
무지개처럼 피어난다

-「비 오는 날」 전문

'낚시' 라는 구체적 행위를 통해 '나' 를 찾아보았던 시인은 여러 시·공간에서 나를 찾는 일을 게을리하지 않았다. 서정시에는 '나' 를 찾아가는 여정이 드러나게 마련이다. 「비 오는 날」에 '나' 를 찾아 떠난 시인은 비 내리는 광경을 보고 있다. 첫 수에서 생각의 풀꽃이 피어 과거로 돌아갔다가 되돌아 나오면 내가 산 세월이 강물이 되어 흘러내리고 있다. 비가 내리듯이 내 삶은 강물이 되어서 세상을 흘러가고 있다. 그 삶은 하얗다. 그 '하얗다' 의 의미는 깨끗한 삶이 될 수도 있고 아무것도 없는 허무일 수도 있다.

둘째 수에서 그렇게 흘러가는 강물은, 알지 못하는 세상에 대한 기대와 흘러가 버린 기억들이 내리는 비를 바라보는 시인의 방을 가득 채운다. 그러니 현실적으로 이루어질 수 없는 꿈, 무슨 꿈을 꾸었던가 싶은 아련한 꿈들이 무지개로 걸리는 것이다. 과거와 미래가 한 생각 속에 들어 앉아 잊어버린 꿈과, 꾸어야 할 꿈들이 뒤섞여서 무지개로 빛나는 것을 보는 것이다. 시인은 이렇게 '나'를 찾아 스스로를 만난다. 그 만남이 무엇을 이룰 수 있는가? 그것은 앞에서 인용한 파스칼의 말 그대로다.

6. 봄빛 한 덤불

5부는 여행하는 동안 보고 듣고 느낀 것을 표현한 기행시 묶음이다. 여행旅行, 누구나 좋아하는 일이다. 영국의 전기 작가 W. 헤즐릿은 "이 세상에서 가장 유쾌한 일 중의 하나가 여행하는 것"이라고 했는데, 이 말에 동의하는 사람이 적지 않을 것이다. B. 디즈레일리는 "여행은 관용을 가르친다."고 했고, G. 플로베르는 "여행은 인간을 겸허하게 한다. 세상에서 인간이 차지하고 있는 입장이 얼마나 하찮은가를 두고 두고 깨닫게 하기 때문"이라고 했다. 따라서 여행은 관용과 겸허를 배울 수 있는 최고의 책이다.

장식환 시인은 어디를 여행했는가? 그의 여행은 요란하지 않았다. 팔공산의 「하늘정원」이나 「제2석굴암」, 그리고 인근 지역의 사찰 「은해사」, 「평지승원平地僧院 운문사」, 「통도사」, 「해동용궁사」 등에서 많은 생각을 얻었다. 그뿐만 아니라 「도산서원」, 「창녕의 우포늪」, 「동피랑 벽화마을」

등에서 역사와 문화에 대한 인식을 깊이 했다. 그리고 바다에 인접한 「호미곶」, 「꽃지」, 「한려수도」, 「오륙도」, 「영도다리」, 「성산일출봉」 등을 보았다. B. A. W. 러셀은 그의 『사랑이 있는 긴 대화』에서 "여행의 추억은 끊임없는 휴양"이라고 했는데 장식환 시인의 기행시도 궤를 같이한다.

팔공산 비로봉 정상
웃고 있는 산꿩다리

앉은뱅이 민들레도
돌 틈새로 꽃 피우고

억새풀
철조망 녹을
갉아먹는 하늘정원

꽃잔디 파릇한 봄을
나비 떼가 물고 와서

귀청 때린 포성으로
펴 나르는 산 메아리

청아한
하늘정원이
팔공산을 품는다

멧새 소리 바람 소리
가지마다 꽃등 걸고

낙동강 강바람을
비로봉에 다 쏟으면

팔공산
하늘정원이
꽃 잔치로 뜨고 있다

-「하늘정원」 전문

시인이 사는 대구의 큰 언덕이 되고 있는 팔공산, 그 산에 있는 '하늘정원' 의 풍경이다. 하늘정원은 하늘이 잘 보이는 곳이라는 예쁜 뜻이라서 그런지 모르지만 팔공산 말고도 하늘정원이란 이름을 가진 공원은 여럿 있다. 인천공항 하늘정원이 대표적이다. 팔공산 하늘정원은 대구 군위군에 위치한 팔공산 정상 주변에 자리 잡고 있다. 넓은 공간에 다양한 쉼터를 조성해 산행을 즐기는 사람들에게 휴식 공간을 제공하고 있다. 팔공산의 여러 봉우리들에 쉽게 접근할 수 있는 곳이어서 팔공산 정상 순례길의 출발지와 종착지 역할을 하고 있다.

장식환 시인이 이 하늘정원에 갔다. 첫째 수에서 정상에 핀, 이름이 특이한 산꿩다리꽃을 본다. 아마도 꽃대가 산꿩의 다리를 닮은 꽃이리라. 바위 틈서리에는 앉은뱅이 민들레꽃도 피어있다. 초장의 산꿩다리와 중장 민들레의 대비가 풍경을 세밀히 그려준다. 억새풀은 철조망 가까이에서 자라며 철조망의 녹을 갉아먹는 것으로 보았다. 철조망이라고 하면 휴전선이 떠오르고 그것은 사라져야 할 것이라는 인식이 깔려있어서 녹을 갉아먹는다는 표현을 쓰지 않았을까 싶다.

둘째 수에 오면 꽃잔디가 파릇하게 피어나는 봄은 저절로 오는 것이 아니라 나비 떼가 물고 오는 것이라고 한다. 정말 그럴까? 시인의 상상이 신선하다. 나비 떼가 물고 온 그 고운 봄 산꼭대기에서 외쳐대는 소리가 포성처럼 크게 들리지만 그 포성은 전쟁의 포성이 아니라 정상에 오른 사람들에게 보내는 축하의 포성이다. 그런 비유처럼 둘째 수 종장의 역설적인 표현은 또 다른 느낌을 준다. 팔공산이 하늘정원을 품은 것이 아니라 하늘정원이 팔공산을 품었다고 했다. 그만큼 하늘정원이 넓거나 크거나 아름답다는 뜻이다.

셋째 수에서는 청각 이미지, 새소리, 바람 소리를 듣는다. 산새 울음소리가 바람에 섞여 들려오면 얼마나 귀가 편해지겠는가. 상상만 해도 기분이 상쾌해진다. 높은 산 정상에서 저 멀리 유유히 흘러가는 낙동강 강바람이 치고 올라와 비로봉에 쏟아진다면 어떻겠는가. 그러면 하늘정원은 이름만 좋고 이쁜 곳이 아닐 것이다. 아름다움을 본다는 것, 그것만으로도 그야말로 힐링Healing이 되는 것이다. 장식환 시인은 이런 여행을 통해서 휴식을 얻는 것이다.

자운영 꽃망울을
애련히 피운 늪에

파란 봄빛 한 덤불

저리 곱게 깔아 두고

는개꽃
하얀 물결에
이팝나무 잔잔하다

외다리 처연히 세운
황새들의 깊은 생각

떼 지어 날아오는
권속 같은 청둥오리

긴 여정
회포를 푸는
옛 장터 같은 우포늪

욕심도 분에 겨운
목선 하나 홀 삿대

수련꽃 향 삶에 겨워
투덜대는 물방개들

헐벗은
그 옛날처럼
물장구치는 물벌레들

-「창녕 우포늪」 전문

이 작품을 읽으면 우포늪의 정경이 눈앞에 펼쳐지는 듯하다. 첫 수에서 자운영 꽃망울 맺고, "봄빛 한 덤불" 깔려 있는데 는개 내리고 늪은 잔잔하다. 그래서 늪가에 서 있는 이팝나무 그림자가 흔들리지 않는다. 중장의 "봄빛 한 덤불"이란 표현이 절묘하다. '덤불'은 어수선하게 헝클어진 수풀이다. 자연은 그렇게 손질되지 않아서 덤불이 되었다. 덤불은 덤불이라서 자연스럽고 파란 봄빛이 더 선명하게 뻗어온다. 그 어디에 있는 늪이라도 생각하면 금방 떠오를 늪가의 정경이다. 클로드 모네의 〈봄〉이라는 명화가 떠오르기도 한다.

둘째 수는 늪에 한 발 더 다가선다. 늪가에서 시선을 좀 더 안쪽으로 옮기면 외다리 황새가 외로이 서 있다. 외로 서 있어도 불안해 보이지는 않는다. 오히려 편안하다. 떼를 지은 청둥오리들이 있다. 그들은 같은 늪에 사는 조류이다. 그래서 한집에 거느리고 사는 식구인 권속이다. 황새도 청둥오리도 이 늪에선 편안하다. 그 편안함은 옛 장터에서 반가운 사람들을 만나 오랜만에 회포를 푸는 것으로 전이되지 않는가.

셋째 수에서는 늪 속으로 시선을 옮긴다. 늪 속의 목선 한 척 삿대 하나는 소박하기 이를 데 없다. 거기엔 욕심의 그림자도 비치지 않는다. 수련의 향내 짙어 물방개가 밉지 않게 투정하고 이름 모를 물벌레들은 물장구를 치고 있다. 시인은 이런 「창녕 우포늪」에서 '목선 한 척, 삿대 하나'를 보아낸다. 잘 보이지 않는 것을 시인이 보아낸다는 것은 그런 생각을 갖는다는 것이다. 소박한 마음으로 살아가는 시인에게만 보이는 풍경이겠다. 시인은 이런 여행을 통해서

삶으로 뻗치는 시름 한 덤불을 떨쳐내고 봄빛 한 덤불 끌어 안는다.

7. 결

『배 한 척 달빛 한 섬』에 실린 장식환의 시조는 그 소재적 측면에서 다섯 갈래로 나눌 수 있었다. 1부가 고향과 피붙이에 대한 사랑의 노래였다. 첫 번째 시조집에서 노래했던 '고향'과는 다른 의미를 가진다. 채수영 시인이 해설에서 말했던 것처럼 '고향으로의 길을 확보' 하는 것이 아니라 변해가는 고향에 대한 안타까움을 노래한다는 측면에서 분명한 차이점을 가진다. 그 변화에는 시인의 삶이 녹아있다. 피붙이에 대한 사랑 노래는 "품어도 못다 한 정을" 다 쏟고 싶은 마음이 절절하게 우러났다.

2부는 계절의 사유를 담은 작품군이다. 시인 장식환은 데뷔 때부터 가을의 시인이라고 불러도 괜찮을 정도로 가을에 많은 작품을 썼다. 계절을 스쳐가는 그 많은 생각을 가을이 되면 단풍잎이 떨어져 시인의 생각을 풀어놓듯이 작품에 담은 것이다. 계절 속에서 많은 그리움을 단풍잎처럼 떨어뜨리고 있는데, 단순한 감상에 머무는 것이 아니다. 고뇌가 묻어있다. 장식환의 계절 속 그리움은 아름답기만 한 것이 아니다. 반길 수 없는 아픔이거나 설움이 되기도 한다.

3부는 시인이 바라보는 우리 사는 세상 풍경을 노래한 것이다. 시인은 이 세상 풍경을 잿빛으로 읽었다. 잿빛은 가장 어두운 검은색과 가장 밝은 흰색을 제외한 그 중간의 모든 색이다. 그래서 이도 저도 아닌 것, 그것을 벗어나고 싶어 했다. 자연물의 상징인 초록빛과 대비되는 상징인데 시인이 바라는 세상에 반하는 세상의 잿빛을 초록으로 바꾸고 싶은 꿈을 숨겨놓았다. 그 꿈은 공동체에 대한 관심과 연민의 정이라고 작품으로 말하고 있다.

4부는 시인의 꿈이 잔뜩 묻은 서정의 장이다. 서정시의 특질로 하는 자아의 세계화, 주관과 객관의 일치, 자아로의 회귀를 알뜰하게 품고 있다. 시인이 가졌던 꿈은 어이 없이 허무한 것들이었고 그래서 비릿하게 느꼈다. 시인은 '나'를 만나고 싶어 몸부림쳤다. 그 몸부림은 일상의 사소함으로 비쳐지지만 우리의 삶은 사소한 것들로 이루어지는 것이다. 사소한 것으로 이루어진다는 이 사소한 생각에서 멀어지면 진정한 나를 만날 수 없게 될 것이며, 그 거리로 하여 꿈을 잃게 될 가능성이 많다.

5부는 기행시로, 여행을 통해 시인은 참 많은 생각을 얻었다. 여행하는 자체가 계절로 치면 봄이 되고, 그 모양으로 치면 '한 덤불' 이 되지 않을까 싶다. 산에서 절에서 늪에서 바다에서, 그 삶에서 관용과 겸허를 익히고, 자연 그대로의 자연으로, 시인의 깨끗한 마음 한 덤불을 이룬 것이다. 자연이 주는 상징을 읽어내어 우리 삶에 연결시키며 여행의 기쁨을 삶의 지혜로 옮겨오는 것이다. 여행은 그렇게 시인의 삶을 위로했고 시인은 여행을 통해 자신을 찾고자 했다.

장식환의 시 세계는 '품격 있는 겸허의 미학'으로 정리할 수 있다. 등단 이후 시집을 내는 데 조금의 조급증도 내지 않았으며, 작품 창작에서도 언제나 겸근謙謹으로 열정을 불태우는 시인이었다. 자연에 겸손했고, 사람에게는 겸양을, 삶과 시와 예술에는 겸허했다. 시조를 통해서 스스로를 찾아 겸인지력兼人之力을 발휘했다. 장식환 시인, 그는 잿빛으로 얼룩진 이 세상에 한 척 배로 흐르다가 달빛 한 섬을 뿌려놓고 떠났다. 우리는 그 달빛 자락을 잡고 오래 그리워하고, 겸허한 작품을 찾아 읽게 될 것이다.

배 한 척 달빛 한 섬

지은이 | 장식환
엮은이 | 조문경

초판 발행 | 2024년 2월 20일

펴낸이 | 신중현
펴낸곳 | 도서출판학이사
출판등록 | 제25100-2005-28호

대구광역시 달서구 문화회관11안길 22-1(장동)
전화_(053) 554-3431, 3432 팩시밀리_(053) 554-3433
홈페이지_http://www.학이사.kr
이메일_hes3431@naver.com

ISBN_979-11-5854-486-7 03810